たそがれ詩集

やなせ たかし

夕日よ
君はさびしいか
そんなに紅く
燃えながら
ずいぶん長い
ひとりたび

かまくら春秋社

光

せっかく生まれてきたのだもの
絶望するのはもったいないない
なんとかなるさと辛抱して
まぐれ・幸運・喜怒哀楽
とにかく一日生きてみて
明日は明日で

また生きる

いのち

厚顔可憐の老境は
はじめてきたが
おもしろい
なるほど
いのちのおしまいは
こんな風に

なるのかと
うなずきながら
旅をする

淡淡

淡・淡・淡・淡
タン・タン・タン・タン・タン
淡・淡　音だけ
遠花火
いまさら
なんの慾もない

たてばシャックリ
すわればバタン
淡・淡・淡・淡
淡・淡・淡・淡
スタタンタン

ぜいたく

決して刻苦勉励せず
サムマネーがあって
世間に
迷惑かけず
すべてのひとに
やさしくして

気楽に人生を
終りたい
と考えるのは
ぜいたく
すぎるかなあ

晩年

老年ボケやすく
学ほとんど成らず
トンチンカンな人生
終幕の未来来も
なんだかヤバイ
それでも笑って

ま、いいとするか

ヘン

人生が半分ぐらい
すぎた時
絶望しそうになった
もうダメだと思った
今、
人生はおしまいの日に

近づいたのに
もっと
生きたい
仕事をしたい
と思う
なぜなんだろう
ヘンですね

秋の風景

まさか人生の晩年が
きらびやかになるなんて
夢にさえも見なかった
キンキラキンの
秋の色
はなやかすぎて

まばゆいが
散りゆく前の
一瞬の
ときめく秋と
知っていても
美しいから
飽きないなあ

アッケラカン

アッケラカンと生きてきて
アッケラカンと年とった
あんまり
深く思案せず
昨日も今日も
アッケラカン

たそがれ迫る
人生を
今日も明日も
アッケラカン

無視された虫

電光石火のすばやい動き
スリルとサスペンスと
必殺の毒針
華やかなスターの虫は
ヒーローになったが
疲労して夭折した

完全に無視された虫は
無視されたから
生きのびた

たり

空をとぶ夢を見たり
過剰にセンチメンタル
だったり
グレたふり
してみたり
ひとを好きに

なったり
口惜しがったり
嫉妬したり
ひと見知り
だったり
いつのまにか
人生の終りに
近づいていたり

老後のたのしみ

足が弱くて
すぐころぶ
耳は遠いし
眼はかすむ
まいにちあぶない
つなわたり

決死の冒険
サスペンス
これぞ
老後の
おたのしみ

花咲く峠

ふりむくことはしなかった
ただひたむきに歩いたが
いささか疲れてひと休み
ここはどこかと見わたせば
老化峠のくだり坂
旅の終りが近づいた

可憐に咲いた
山桜
散るには
惜しい
風情だなあ

思案

仕事机にむかって
腰かけたが
なんにも案がうかばない
仕事机に頬づえついて
うすぼんやりと
思案する

ぼつぼつ現役引退か

ふり

ほほづえついて
眉しかめ
思案にふける
ふりをする
知的思索にみせかけて
今日は一日

ふりふりデー

幸福な記憶

昔
おなかがよじれるほど
笑った
くるしくて
涙がこぼれた
なぜ笑ったのか

忘れてしまったけれど

紙

うらもおもてもまっ白で
ごくありふれた紙だけど
そこに詩をかき
絵を描いて
なんとか生きていけるのは
紙さま

あなたのおかげです

壁

年齢の壁
のりこえて
無理して
えい！と
とびおりる
見栄はりすぎて

ギックリ腰

応報

ＯＨ！　ＨＯ！
おう！　ほう！
しかたがない
みんな私が悪かった
身からでた錆
ＯＨ！　ＨＯ！

因果応報

む……

美しく生まれたひとは
いいよね
見ただけでわかる
美しい心に生まれても
自分でいうのは
おかしい

そとからは見えない

桃太郎伝説

桃太郎のお爺さんは
後期高齢者なのに
昼は山へ柴刈りに
夜は元気にHして
赤ちゃんができると
桃から生まれた

桃太郎

アハハハ
なんて
ごまかして
ずるいよね
でも
うらやましい

塩せんべい

塩せんべいを齧る
この頃疲れた歯で齧る
パリンポリン
塩せんべいの砕ける音が
脳細胞を
刺激したのか

おもいだすなあ
遠い田舎の
おじいさん
塩せんべいに
似てるんだ
まる顔かわいい
塩せんべい
田舎のひなたの味がする

じゃがいも

じゃがいも
凸凹
泥まみれ
でも
土のあたたかさ
しみこんでいる

だから
じゃがいも
たべるとき
心の中が
あたたかい

シーラカンス

昨日いちにち
生きのびて
今日もなんとか
生きていて
気づいてみれば
九十歳

シーラカンス
みたいだなあ
ほんの少しも
進化せず
昔のままで
生き残る

坂道

ほんのゆるやかな
スロープをのぼっても
息ぎれする
視力が落ちて
難聴で
心臓も心ぼそい

それでも
生きることに
まだ飽きない
もっと生きたい
ジタバタしたい

加齢

挫折と失望くりかえしても
ただひたむきに前進して
くじけることはなかった
傷ついても未来を信じたのに
どういうわけか
この頃は突然

おもいでなんかで
涙ぐむ

希望岬

希望岬のローソクは
美しくゆれながら
輝く
私の心を明るくする
でも
嵐の夜には

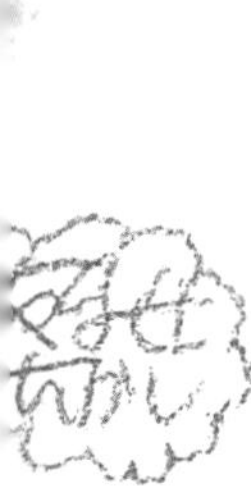

消えそうに
なる

ゼロ

あなたも私も元はゼロ
ゼロから生まれて
ゼロになる
極楽浄土はどこにある
天国なんてテンプラかい
たとえこの世が

地獄でも
生きて愛して
仕事して
悲喜こもごもの
浮世が好き

トンネル

今は少年
今思春期
思うまもなく
トンネルの
闇をくぐれば
老いの坂

たそがれ迫る
ターミナル

ヨダレ

この頃しきりに
ヨダレがたれる
この感覚は
なんなんだ
赤ちゃんの時と
おんなじだ

若がえったと
いうことか

オイル

老いるとオイルが
不足する
何をするにも
ギクシャク　ガタピシ
金属疲労の
限界だが

天命つきる
その日まで
あくせく
アクセル
踏みこんで
ままよ大たん
ひた走る

生きる

朝眼がさめると
まだ生きているので
うれしい
とにかく
今日一日は
けんめいに

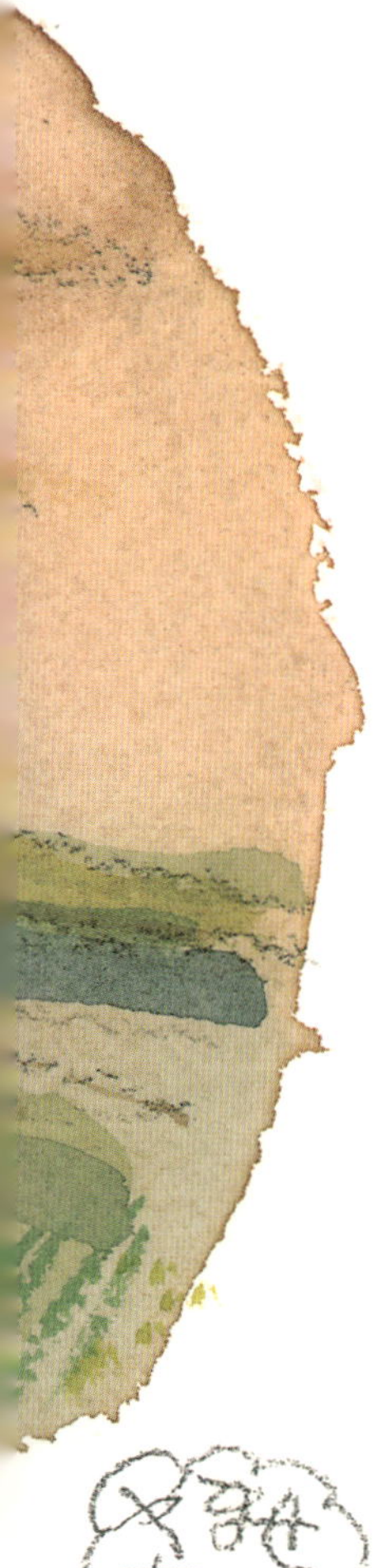

やなせたかし

生きよう
衰弱していく
細胞が
いとしくて
心がどんどん
やさしくなる

孤愁の道

はじめはみんなそろっていた
にぎやかな食卓
兄弟げんかしたり
イトコハトコが
あそびにきたり
ごく世間並だったのに
気づいてみれば
天涯孤独
人生晩年孤愁の道

たそがれの色は
既に濃い
なんだか
身辺がさわがしい
数えきれないけれど
２０００にあまる
ぼくが
この世におくりだした
キャラクター達
天涯孤独と思ったが
どうやらそうではないらしい

あとがき

人生の最後が近づいてくると
身体は不自由になったが
精神は束縛されなくなった
この詩集とも
いえないヘンな本は
我がまま勝手気まま
本人の目が悪くなったので
一目瞭然拡大鏡不要の大活字
内容も口からでまかせ

たわごとにすぎない
今さら望むことは何もない
こんな詩集
読むひとはいないと思うが
かまくら春秋社が
九十歳の記念として
出版してくれたので
うれしい、　ありがとう

プロフィール――やなせ　たかし

一九一九年、高知県生まれ。旧東京高等工芸（現千葉大）図案科を卒業。漫画家であると同時に童話画家であり、詩人であり、作家。その愛と詩情にあふれる世界は多くの読者を魅了している。また「手のひらを太陽に」の作詞や「アンパンマン」の作者としてしられる。近著に『だれでも詩人になれる本』（かまくら春秋社）。現在は季刊誌『詩とファンタジー』（同）の責任編集を行っている。

たそがれ詩集

著者　やなせ　たかし

発行者　伊藤玄二郎

発行所　かまくら春秋社
鎌倉市小町二―一四―七
電話〇四六七（二五）二八六四

印刷　図書印刷株式会社

平成二十一年五月六日　第一刷
平成二十四年三月八日　第三刷

ISBN978-4-7740-0440-2 C0092